Dieu vous bénisse murmura la bonne femme en accompagnant ces paroles d'un àtchi .

LES FARCES

DE

TOTO CARABI

PAR

JEAN BRUNO

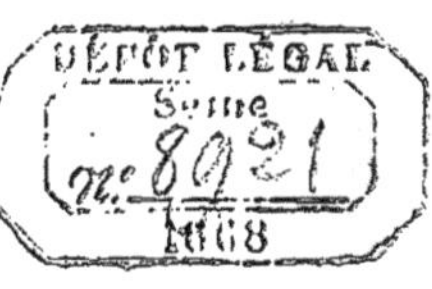

ILLUSTRATIONS DE A. DURUY

PARIS

BERNARDIN-BÉCHET, LIBRAIRE-ÉDITEUR

31, QUAI DES GRANDS-AUGUSTINS, 31

1869

LES FARCES

DE

TOTO CARABI

I

LE POIVRE ET LES FOURMIS

I vous voulez connaître l'histoire de Toto Carabi dans tous ses détails, il vous faut aller à Verbois, où chacun s'empressera de vous la raconter.

Cependant, comme il n'est pas facile de faire ce voyage en hiver, je vais essayer de vous répéter ce que m'a dit le garde champêtre Baudrier au sujet de ce petit garçon.

M. Carabi, son père, habitait sa maison de campagne de Verbois pendant six mois de l'année; mais comme il était veuf et qu'il faisait de nombreuses affaires à Paris, il ne pouvait guère s'occuper du jeune Toto.

Ce dernier était donc confié à la surveillance de la vieille Gertrude, que tous les gens du pays désignaient sous le sobriquet de la mère *Torticolis*.

Ce sobriquet était presque justifié, car la tête de la bonne femme, posée de travers sur son corps, produisait l'effet d'une virgule placée sur un i.

Elle avait en outre les cheveux gris et crépus, les yeux bordés de rouge, le nez en vrille et le menton en galoche.

Enfin sa figure ressemblait à un vieux casse-noisette oublié depuis un demi-siècle au fond d'un buffet.

Quant à Toto, c'était un petit garçon de neuf ans, très-robuste pour son âge, qui aurait eu une physionomie fort agréable si elle n'avait exprimé la violence et l'audace, deux vilains défauts pour tout le monde, mais plus particulièrement pour un enfant.

M. Carabi tenait beaucoup à Gertrude, à cause de sa probité, de son économie et de l'ordre qu'elle apportait dans les divers soins du ménage.

En revanche, Toto la détestait de tout son cœur ; car elle ne se faisait aucun scrupule de mettre à chaque instant ses épaules en contact avec les lanières d'un certain martinet, bien connu des petits vauriens.

Donc, la vieille Gertrude et Toto ressemblaient presque toute la journée à un chien et à un chat se disputant une cuisse de poulet.

Comme M. Carabi payait régulièrement les mois de pension de son fils, il avait la naïveté de croire que le jeune garçon fréquentait avec assiduité l'école du village, en attendant qu'il entrât au lycée. Pourtant il n'en était rien, au contraire.

Toto passait presque toutes ses journées dans la campagne, à saccager les haies, à grimper sur les arbres et à dénicher des oiseaux, en compagnie d'un petit garnement âgé de douze ans, nommé Greluchet, qui lui donnait les plus perfides conseils.

Un jour Greluchet aborda le jeune Carabi d'un air tout à fait mystérieux.

Après l'avoir conduit derrière une haie par mesure de prudence, il lui dit à brûle-pourpoint :

— Est-ce que tu l'aimes beaucoup, le père Brabançon ?

— Oui.

— Eh bien ! moi, je ne peux pas le souffrir.

— Pourquoi ?

— Dame... pour bien des raisons... D'abord il a l'air d'un vieux singe empaillé... ensuite il est méchant...

— Méchant... Allons donc, reprit vivement Toto ; il ne donnerait pas une chiquenaude à un hanneton.

— Crois cela et bois de l'eau, mon petit.

— Explique-toi mieux, Greluchet, ou je penserai que tu cherches à me monter la tête contre lui.

— Eh bien! pas plus tard que ce matin, je l'ai entendu conseiller à la mère Torticolis d'écrire à ton papa pour te faire placer dans un internat...

— Ah! le vieux coquin! dit le petit garçon furieux.

— Il a même ajouté que tu ne serais jamais bon qu'à être mis en étalage chez un épicier en qualité de fruit sec, ajouta Greluchet d'un air ironique.

A ces derniers mots, Toto pâlit de colère.

— Il a dit cela, s'écria-t-il en levant son petit poing; eh bien! nous verrons...

Les yeux de Greluchet étincelèrent de joie, car rien de ce qu'il venait de raconter à son camarade n'était vrai; seulement il voulait se venger du père Brabançon, qui l'avait surpris la veille dans le jardin, occupé à voler des prunes.

Au bout d'une heure d'entretien, les deux petits garçons se séparèrent en se recommandant mutuellement la discrétion comme des conspirateurs.

Toto rentra bientôt à la maison.

En passant devant la fenêtre de la cuisine, il vit Gertrude, le nez surmonté d'une énorme paire de lunettes, qui faisait la lecture à haute voix, tandis que le père Brabançon taillait des tuteurs pour ses rosiers.

J'ai oublié de dire que Brabançon était le jardinier de M. Carabi.

Le bonhomme avait placé sur la table, à côté de lui, sa grosse tabatière, dans laquelle il puisait à chaque instant, en disant machinalement à la vieille gouvernante :

— En usez-vous, Gertrude?

Celle-ci, habituée à ce radotage, continuait sa lecture sans répondre.

En découvrant qu'il n'avait point été aperçu, Toto se glissa à pas de loup derrière la cuisine; puis il saisit un grand arrosoir de fer-blanc et le jeta de toutes ses forces sur les dalles.

Cela fit un tel bruit dans la maison que Gertrude et le père Brabançon se levèrent vivement et sortirent pour voir ce qui se passait.

Toto fit le tour du jardin en courant et entra à la cuisine par a fenêtre.

Il se dirigea aussitôt vers le buffet, où il prit une poignée de poivre qu'il mit dans la tabatière du jardinier; puis, non content de ce premier méfait, il versa au fond de la casquette du bonhomme un gros cornet plein de fourmis que Greluchet lui avait donné.

Il sortit ensuite de la cuisine, et se mit en embuscade dans un coin pour voir le résultat de ses méchantes espiègleries.

Gertrude et le jardinier rentrèrent bientôt. Lorsqu'ils eurent repris leur place, le père Brabançon s'empara vivement de sa tabatière.

— Après une fausse alerte aussi chaude, dit-il, on peut bien se passer la douceur d'une forte prise... En usez-vous, Gertrude?

— Cette fois j'accepte avec plaisir, répliqua la gouvernante, en plongeant ses doigts secs et jaunes comme les ergots d'un vieux coq dans la tabatière du bonhomme.

Mais à peine ce dernier avait-il porté la poudre perfide à ses narines, qu'un retentissant *âtchi* fit résonner la batterie de cuisine.

— Dieu vous bénisse... murmura la bonne femme en accompagnant ses paroles d'un âtchi non moins formidable que celui du jardinier.

— Et vous... âtchi!... et vous... aussi... mère Gertrude... âtchi!... âtchi!... âtchi!...

— Vous êtes donc... âtchi!... âtchi!... âtchi!... vous êtes donc enrhumé?... âtchi!... âtchi!... âtchi!!!

— Non, mais je... mais je... mais je... âtchi!... âtchi!... âtchi!!!

Pendant plus de dix minutes les éternuments se succédèrent avec une telle rapidité, que ni Gertrude ni le père Brabançon n'entendirent les éclats de rire de Toto, qui se tordait de joie dans un coin.

Enfin la crise s'apaisa, et le jardinier, les traits contractés par les efforts qu'il venait de faire, et les yeux inondés de larmes, saisit sa casquette et la posa, non sur ses cheveux, car il était chauve comme un œuf, mais bien sur sa vieille perruque grise.

Gertrude, plus calme, s'essuyait le visage avec son tablier, lorsque le père Brabançon fit brusquement un petit saut de côté.

— Oh! dit-il en portant la main à son front.

— Eh bien! qu'avez-vous encore, êtes-vous fou? lui demanda la gouvernante.

— Je le crois vraiment... Oh!... aïe!... Ah! mon Dieu!... on m'a jeté un sort, bien sûr!... s'écria le bonhomme en se grattant avec acharnement le visage, le cou et la poitrine.

Gertrude aperçut tout à coup des pelotons de fourmis qui se mirent à sillonner la figure du malheureux jardinier dans tous les sens.

Celui-ci, éperdu, s'élança vers un grand baquet plein d'eau et s'y plongea la tête avec frénésie.

Incapable de se cacher plus longtemps, Toto montra en ce moment son visage moqueur dans l'encadrement de la fenêtre.

— Ah! petit scélérat! s'écria la vieille gouvernante cramoisie de colère, c'est encore un de tes tours... Attends, attends, je vais te corriger...

Elle s'empara aussitôt du terrible martinet et se mit à la poursuite du jeune vaurien. Mais ce dernier prit la clef des champs en chantant d'un air goguenard :

Il était un p'tit homme,
Que l'on nommait Toto
Carabo,
Bibi, Carabi....
Dieu ! comme il a... Dieu ! comme il a bien ri !...

COMMENT LA PERRUQUE DU PÈRE BRABANÇON S'ENVOLA

E souvenir des bonnes actions qu'il a faites est pour le sage une source de douce félicité; mais celui qui a commis le mal ne peut, quelque endurci qu'il soit, se trouver longtemps seul en face de sa conscience sans être tourmenté par les remords.

Deux heures après les événements que je viens de raconter, Toto se promenait tristement sur la lisière d'un taillis situé à un quart de lieue de Verbois.

Ce petit garçon avait de funestes penchants, il est vrai, mais il n'était point encore entièrement corrompu, car il murmurait d'un air profondément affligé ces paroles :

— Oui, j'ai eu tort, je le reconnais... et ce n'est pas le martinet de Gertrude que je crains... Oh ! non, j'endurerais de bon cœur trois corrections comme celle que je recevrai ce soir pour ne pas être l'auteur des méchancetés que j'ai faites aujourd'hui...

Après de longues méditations, Toto finit par se décider à rentrer et à demander pardon de ses fautes.

Mais rien n'est fragile comme une bonne résolution.

Avant d'arriver chez lui, il rencontra Greluchet.

— Bravo ! s'écria ce dernier du plus loin qu'il l'aperçut; tu as mis au-

Mais ô pénible surprise pour le pauvre Barbançon, sa perruque fut
violemment arrachée de sa tête avec sa casquette .

jourd'hui le comble à ta réputation de farceur... Aussi les camarades m'ont chargé de te prévenir qu'ils te reconnaîtront désormais pour capitaine...

L'orgueil étouffa aussitôt les idées généreuses dans l'esprit de Toto, et il répliqua en rougissant de plaisir :

— Ah ! ils veulent que je sois leur capitaine...

— C'est décidé ; mais je dois t'avertir que le père Brabançon est allé chez le sacristain pour lui dire d'écrire une lettre à ton papa.

— Comment, il oserait...

— C'est un vieux coquin ; seulement il est peureux comme une chouette, et s'il voyait que tu es décidé à lui tenir tête, il n'oserait plus bouger.

— Tu crois ?

— J'en suis sûr.

— Alors, que me conseilles-tu ?

— Tiens, j'ai songé à un petit tour qui nous fera tous rire comme des bossus.

— Parle vite.

— Demain la mère Torticolis va comme d'habitude faire ses provisions à Brévin ?

— Oui, c'est le jour du marché.

— Elle prendra sans doute le cabriolet du percepteur ?

— En effet.

— Eh bien ! voici ce que j'ai imaginé, tu m'en diras des nouvelles...

Toto parut écouter avec un vif intérêt la communication de Greluchet, et il lui dit en le quittant :

— C'est entendu, à demain...

En rentrant chez lui, le petit garçon se fit très-humble devant Gertrude.

Celle-ci jeta d'abord feu et flamme en faisant tourbillonner son terrible martinet au-dessus de la tête du coupable ; mais la feinte humilité de ce dernier la désarma, et elle finit par lui donner son dîner habituel.

L'indulgence réussit rarement avec les enfants, car ils attribuent presque toujours au manque d'énergie ce qui n'est qu'un excès de bonté.

Tout fier de son titre de capitaine, Toto se coucha en murmurant :

— Elle commence à avoir peur de moi, demain ce sera au tour du père Brabançon...

Le lendemain donc le petit garçon se munit d'une longue ficelle, à laquelle

il attacha un gros hameçon ; et lorsque le jardinier s'approcha du cabriolet
pour remettre à Gertrude, qui venait de monter sur la banquette, sa capeline
et son grand panier, Toto se glissa auprès de la voiture sans être remarqué.

Il saisit habilement une occasion favorable pour accrocher la vieille perruque
du bonhomme avec son hameçon ; puis il s'éloigna à quelques pas, et attacha
l'autre extrémité de sa ficelle aux ressorts du cabriolet.

Dix galopins aussi effrontés que morveux, à la tête desquels brillait Greluchet, formaient la haie autour de la voiture, et suivaient en poussant de
bruyants éclats de rire les péripéties de cette scène grotesque.

Tout à coup le cocher fouetta vigoureusement son cheval, et le cabriolet
s'éloigna avec rapidité...

Mais, ô pénible surprise pour le pauvre Brabançon, sa perruque fut violemment arrachée de sa tête avec sa casquette, et elle disparut dans la pous-
sière de la route, entraînée par le cabriolet qui emportait Gertrude.

Un hourrah formidable se fit entendre, puis tous les gamins se mirent à
danser autour du bonhomme, en chantant à tue-tête :

Père Brabançon,
Bon, bon,
Payez-vous du vin,
Malin,
Aux petits farceurs de notre canton !...

Le pauvre jardinier, stupéfait, n'essaya même pas de tirer vengeance de
cette nouvelle tribulation ; il se borna à ramasser sa casquette et regagna sa
demeure en murmurant :

— Ils méritent tous le fouet, mais ce n'est pas moi qui prendrai la peine
de les corriger...

Pour achever de se consoler, le bonhomme huma une forte prise de tabac
frais.

— En usez-vous ? dit-il, quoiqu'il ne se trouvât personne auprès de lui pour
lui répondre.

Le bruit de cette escapade arriva bientôt aux oreilles de l'instituteur qui,
sans égard pour la capitainerie de M. Toto, l'obligea à copier vingt fois le
verbe *être*, encadré ainsi   Je suis un mauvais sujet.

Greluchet place le piège devant la maison, mais à peine avait-il ouvert sa porte que Mistigri lui sauta au visage.

III

LE CHAT DE L'ÉPICIER BOULE-EN-SUIF

la suite de sévères remontrances, le jeune Carabi promit solennellement à l'instituteur et à Gertrude de se corriger ; et pendant plusieurs jours on put croire que cette fois il avait pris au sérieux ses serments.

Mais la coupe était trop rapprochée de sa bouche pour qu'il ne succombât pas à la tentation d'y tremper de nouveau ses lèvres.

Il existait à cette époque, à Verbois, un épicier nommé Ignace-Népomucène Boule-en-Suif.

C'était un petit homme, rond comme une futaille, qui avait un large nez camard, de gros yeux gris et une énorme paire de favoris roux ressemblant à des oreilles de chien de chasse.

Son long tablier bleu et sa casquette d'astrakan à visière relevée, lui donnaient un air tellement niais, qu'il était bien difficile de ne pas lui rire au nez lorsqu'on lui parlait.

Ce jocrisse de la moutarde était à peu près privé d'instruction et de lumières, malgré les nombreux paquets de chandelles qui garnissaient les rayons de sa boutique ; et tout son savoir consistait à distinguer tant bien que mal les chiffres inscrits sur ses factures, et à ânonner les étiquettes posées sur les tiroirs du magasin.

Mais la bêtise de Boule-en-Suif ne faisait aucun tort à sa méchanceté.

Les enfants du village osaient à peine s'approcher de sa boutique, et tout le monde craignait son chat Mistigris, gros angora jaune, qui se promenait sans cesse des caisses de pruneaux aux tonnelets de mélasse en grondant d'une façon menaçante.

Toto surtout avait juré une haine mortelle à Mistigris ; car un jour où il l'agaçait avec une longue baguette, l'angora s'était élancé tout à coup sur lui, et lui avait assez grièvement égratigné le visage et les mains.

Depuis ce moment, le petit garçon rôdait autour de la boutique de Boule-en-Suif, épiant l'occasion de se venger.

Mais cette occasion ne se présentait pas et Toto se désespérait.

Il eût sans doute été contraint de renoncer à ses projets si Greluchet, son mauvais génie, ne se fût encore trouvé là pour l'exciter.

— Tu n'es pas bien adroit, lui dit un jour ce dernier d'un ton railleur ; si j'étais à ta place il y a longtemps que Mistigris aurait reçu une bonne leçon.

— Vraiment... et comment t'y prendrais-tu pour l'attraper ? répliqua Toto.

— Je me procurerais quelques petits morceaux de lard que je ferais griller sur les charbons.

— Ensuite ?

— Je tendrais un piége sous la remise, et ce soir, après la fermeture de la boutique, je jetterais une partie de mon lard au chat, qui se promène presque toujours à ce moment-là devant la maison, et je l'attirerais peu à peu près du piége.

— Après ?

— Après... nous verrions...

— J'avoue que tu me tentes.

— A la bonne heure, je te reconnais... Veux-tu que je t'apporte ce soir un des piéges de mon oncle ?

— C'est peut-être mal ce que nous allons faire... dit Toto en hésitant.

— Si tu as peur, n'en parlons plus.

Toto rougit ; puis il obéit bientôt au détestable sentiment qui pousse les enfants à faire des sottises pour prouver qu'ils sont braves. Comme si le véritable courage ne consistait pas tout d'abord à résister aux mauvais conseils.

Les deux méchants petits garçons se mirent aussitôt à l'œuvre, et lorsque la nuit fut venue, Toto s'approcha lentement du chat et lui jeta plusieurs morceaux de lard.

Mais Mistigris était aussi rusé que lui ; il mangeait le lard qui était à sa proximité et fuyait la remise comme s'il eût deviné ce qui l'y attendait.

Pendant trois jours, Toto et Greluchet renouvelèrent vainement leurs tentatives.

Enfin, ce dernier poussa l'audace jusqu'à placer le piége devant la maison.

Cette fois, le chat fut victime de sa gloutonnerie. En se sentant le cou serré par le terrible fil de laiton, il se débattit comme un forcené et miaula d'une façon lamentable.

Mais les efforts qu'il fit pour essayer de se dégager resserrèrent le lien qui l'étranglait, et il tomba bientôt presque inanimé sur le sol.

Toto et Greluchet, en embuscade dans un coin, se précipitèrent sur Mistigris, lui passèrent un nœud coulant autour des reins et le pendirent à la sonnette de Boule-en-Suif.

Puis, avant de s'enfuir, ils retirèrent le piége qui lui serrait le cou.

Aussitôt qu'il eut la gorge libre, le malheureux chat se précipita contre le mur avec fureur. Ses mouvements imprimèrent une violente oscillation à la sonnette, dont le son aigu acheva de le rendre fou.

Il se mit alors à pousser des miaulements si formidables que tous les habitants du village sortirent de leurs maisons pour s'informer de ce qui se passait.

Boule-en-Suif, croyant avec quelque raison que les petits vauriens de Verbois l'attaquaient, se jeta hors de son lit, saisit un gourdin et s'élança, en bonnet de nuit et en caleçon, dans la rue, pour châtier les agresseurs.

Mais à peine avait-il ouvert sa porte, que Mistigris lui sauta au visage et se mit à le mordre et à l'égratigner avec fureur.

Boule-en-Suif, abasourdi par cette attaque imprévue, jeta des cris effroyables et implora des secours en prétendant que le diable voulait l'emporter !!!

Jamais on n'avait entendu un tel vacarme à Verbois. La nuit contribuait encore à augmenter le désordre, et les plus intrépides parmi les villageois refusaient d'avancer.

Enfin, un jeune homme, plus hardi que les autres, saisit son couteau et se porta au secours de Boule-en-Suif.

Il était temps.

Aussitôt qu'il put voir de quoi il s'agissait, il coupa le cordon de la sonnette.

Alors le chat s'enfuit et passa comme une flèche entre les habitants du village. On ne le revit jamais.

Greluchet s'était effrontément joint aux polissons, ses camarades, en demandant de quoi il s'agissait.

Mais Toto, pris d'une grande terreur à la vue des tristes résultats de sa nouvelle escapade, courut se réfugier dans sa chambre, où la vieille Gertrude le trouva agenouillé et le visage inondé de larmes.

Loin d'essayer de nier ses méfaits, il s'accusa aussitôt et demanda pardon en jurant qu'il ne reparlerait jamais à Greluchet.

— Pour une affaire comme celle-là, il ne m'appartient point de vous punir, lui répondit la gouvernante; je vais écrire à votre papa, c'est lui qui décidera de votre sort.

Toto se traîna aux genoux de Gertrude. et la supplia de lui pardonner encore, en promettant de nouveau de ne jamais recommencer.

Mais la gouvernante fut inflexible, et le lendemain M. Carabi apprit ce qui s'était passé.

Boule-en-Suif voulait absolument porter plainte contre les deux petits drôles ; il fallut, pour l'apaiser, l'intervention de M. Lemblin, le percepteur, qui promit, au nom de M. Carabi, de le dédommager.

Malheureusement, le père de Toto ne put quitter Paris, où il était retenu par d'importantes affaires; mais il écrivit une lettre sévère à son fils, dans laquelle il le prévint qu'il ne tarderait pas à venir lui demander compte de sa conduite.

Imp. Becquet, Paris.

A peine les villageois se furent-ils ébranlés que cent cris de colère partirent de leurs rangs.

IV

CE QUE TOTO ET GRELUCHET FIRENT AUTOUR DE LA BARAQUE
DU SERPENT-ROUGE

A la suite de ce dernier événement, Toto fut un modèle de douceur et d'obéissance pendant une quinzaine de jours ; et déjà Gertrude se berçait de l'espoir que le cœur du petit garçon s'était décidément ouvert aux bons sentiments, lorsque la fête patronale de Verbois fournit à ce dernier une nouvelle occasion de reprendre ses mauvaises habitudes.

Au centre des échoppes foraines, qui offraient à la convoitise des enfants une assez riche collection de bonshommes en pain d'épice, de poupées vermillonnées, de pâles pierrots et de brillants arlequins, la baraque du Serpent-Rouge s'élevait glorieusement comme un palmier au milieu des cactus.

Ce Serpent-Rouge était un curieux saltimbanque. A l'en croire, il avait été pendant de longues années le pédicure favori de je ne sais quel roi du Congo, qui l'avait renvoyé comme inutile après avoir perdu les deux jambes dans un combat.

Les villageois, avides de bruyants spectacles, se pressaient en foule autour de sa baraque, riant aux éclats de la malice du pierrot ou de la niaiserie du *pître*, dont l'unique mission était de recueillir des taloches et des coups de pied.

Toto, arrivé depuis un instant sur la place, s'efforçait de se hausser sur la

pointe des pieds pour mieux voir la parade des saltimbanques, lorsque Greluchet lui frappa tout à coup sur l'épaule.

— C'est toi, Toto, je te croyais mort ou en prison dans la cave de la mère
Torticolis, lui dit-il d'un air goguenard.

— Laisse-moi, répliqua le jeune Carabi en cherchant à s'éloigner ; tu me
pousses toujours à faire des sottises, je ne veux plus t'écouter...

— C'est sans doute le père Brabançon qui t'a dit du mal de moi.

— Ni lui, ni personne...

— Alors tu me cherches chicane?

Toto garda le silence ; il n'osait pas heurter de front Greluchet, cependant
il en avait bonne envie.

Ce dernier profita de son hésitation pour ajouter :

— Pourtant, si tu voulais, nous nous amuserions joliment...

— Encore une fois, laisse-moi tranquille.

— Allons, je te vois loucher, avoue que tu as grande envie de rire un peu.

Toto se mordit les lèvres, puis il finit par dire à voix basse :

— Si on ne faisait de mal à personne, on pourrait voir ; mais...

— Bravo ! voilà comme je t'aime ! s'écria Greluchet en faisant un bond de joie.

— De quoi s'agit-il?

— Ce sera bien drôle, va... Tu vois ces épingles, il y en a pour trois sous...

— Qu'est-ce que tu en veux faire?

— Mon Dieu ! presque rien ; prends-en la moitié et tu me regarderas...
Allons, viens...

Toto, poussé par la curiosité, oublia en un instant toutes ses promesses.

Lorsque Greluchet fut à trois pas, il s'approcha de deux femmes serrées
dans la foule et attacha leurs jupes avec une épingle.

Toto se mit à rire et ne tarda pas à l'imiter.

Grâce à l'attrait du spectacle, qui tenait les villageois immobiles et la bouche
béante devant les tréteaux, les deux petits garnements attachèrent ainsi en-
semble une cinquantaine de personnes en quelques minutes.

Puis ils se retirèrent dans un coin pour attendre à leur aise le résultat de
leur mauvaise action.

A ce moment, le Serpent-Rouge, couvert de plumes et tatoué comme un chef
sauvage, écarta magistralement le vieux rideau derrière lequel il était blotti.

D'un geste superbe, il imposa silence au tambour et au piston fêlé composant l'orchestre, et il s'avança gracieusement jusque sur le bord de l'estrade, en faisant trois saluts dignes d'un régisseur du théâtre de Pouilly-les-Melons.

— Messieurs et mesdames... ou plutôt mesdames et messieurs, dit-il en laissant errer un sourire sur ses lèvres. Vous voyez devant vous le grand, le célèbre, l'inimitable Serpent-Rouge, né sur les bords de la mer Caspienne, ou peut-être bien sur les rives du lac Érié... on n'a jamais pu savoir ; mais là n'est pas la question, passons à d'autres exercices... Il est bien entendu que c'est avec la permission des autorités constituées que j'ai l'honneur de me présenter sur cette place... Je ne ferai pas de longues phrases pour vous expliquer les raisons qui m'amènent parmi vous ; cela ne conviendrait ni à ma dignité ni à la vôtre... Je me bornerai simplement à vous dire que le monde entier connaît et admire le Serpent-Rouge ; et c'est justice, car il offre à votre curiosité des objets si extraordinaires que jamais... entendez-vous bien, jamais on n'en a vu de semblables... Parcourez la France, la Sibérie, les États de Monaco et la Bourgogne... Allez en Afrique, en Amérique, en Belgique... nulle part, nulle part, je le répète, pas plus en Océanie qu'à Marseille ou même à Bougival, vous ne contemplerez le magnifique spectacle qui sollicite l'honneur de votre présence ici dedans... Il faut voir ça pour y croire... J'entrerais bien dans de plus amples détails à ce sujet, car, Dieu merci, j'ai reçu en naissant le sublime don de l'éloquence, vous devez vous en apercevoir ; mais je veux vous laisser le plaisir de la surprise... J'entends à ma droite des personnes qui disent : « Si tout ce qu'il nous promet est vrai, il doit prendre au moins dix francs d'entrée par personne... » La vérité est, mesdames et messieurs, que dans toutes les capitales où j'ai eu *celui* de travailler jusqu'à ce moment, personne n'a vu les étonnants phénomènes que je livre à l'admiration des amateurs sans payer un louis... Attendez... mais... aujourd'hui, eu égard à la fête patronale de Verbois, et aussi à de certaines circonstances que vous n'avez pas besoin de connaître, je ne vous demanderai pas un louis, ni même dix francs, ni cinq francs, ni vingt sous, ni dix sous ; mais bien... si vous êtes satisfaits en sortant, la faible rétribution de... non, moins encore, il faut que tout le monde y passe, je me ruinerai pour vous être agréable, bons habitants de Verbois, car je vous aime, moi... et puisque ce n'est pas même cinq sous... c'est... c'est... c'est... deux sous pour les grandes personnes, et *cinque* centimes pour messieurs les militaires et les enfants !... Allez la musique ! Dzing ! dzing ! boum ! boum ! bada-boum ! v'lan !...

La foule électrisée par les paroles du Serpent-Rouge, s'élança de tous les coins de la place vers l'escalier de la baraque.

C'était-là ce qu'attendaient les deux petits vauriens.

A peine les villageois se furent-ils ébranlés que cent cris de colère et de détresse partirent de leurs rangs.

En voulant se séparer violemment ils s'entraînaient l'un l'autre, déchiraient leurs habits et tiraient d'une façon tout à fait grotesque les vêtements des femmes et des jeunes filles mêlées dans la foule.

Ces dernières poussèrent bientôt de bruyantes clameurs.

Un instant les menaces et même les coups succédèrent aux plaintes, et pendant quelques minutes il régna un désordre indescriptible devant la baraque du Serpent-Rouge.

Mais Toto et Greluchet ne jouirent pas longtemps du fruit de leurs manœuvres.

Un vieux bonhomme, qui avait suivi tous leurs mouvements avec attention, les désigna aux villageois comme étant les auteurs de ce méfait, et ils eurent à peine le temps de se soustraire par la fuite à la colère des villageois.

Pour se mettre à l'abri du terrible martinet de Gertrude, Toto courut se réfugier au grenier.

Au bout d'une demi-heure, il s'approcha de la lucarne et se hasarda à jeter quelques regards sur la place du village.

De grosses larmes coulèrent alors abondamment de ses yeux, en voyant les enfants de Verbois et des environs papillonner joyeusement autour des marchands de jouets et de friandises, ou tourner sur l'escadron de chevaux de bois au son d'une musique bruyante.

— Eux du moins ne craignent pas de se montrer... murmura-t-il en poussant de gros soupirs !... Oh ! si c'était à refaire...

Il est toujours facile de regretter ses fautes, lorsqu'elles privent d'un plaisir ou qu'elles font craindre un châtiment ; mais de tels remords sont trop intéressés pour qu'on puisse les croire sincères.

Au lieu de s'amuser honnêtement avec ses petits camarades, Toto passa le reste de la journée à se lamenter au grenier.

Enfin le soir, n'y pouvant plus tenir, il prit la résolution de venir affronter la colère de Gertrude.

Il s'est sans doute caché dans quelque coin reprit le garde-champêtre.

V

TOTO ERRANT PENDANT LA NUIT DANS LES BOIS

E petit garçon venait de quitter l'escalier et se dirigeait vers la porte de la cuisine, lorsqu'il s'arrêta tout à coup.

Une voix qui le fit frissonner de terreur demandait à la vieille gouvernante où était le fils de M. Carabi?

— Vous me voyez au désespoir, répondit Gertrude d'un ton fort affligé, je n'ai pas revu ce petit malheureux depuis ce matin...

— Il s'est sans doute caché dans quelque coin, reprit le garde champêtre Baudrier, — car c'était lui ; — mais je reviendrai demain au petit jour pour le prendre et le conduire chez M. le maire.

— Je vous en prie, monsieur Baudrier, pardonnez encore à ce pauvre enfant pour cette fois ; vous savez bien que c'est ce mauvais garnement de Greluchet qui l'a de nouveau entraîné...

— Je le regrette, mais c'est impossible ; M. le maire a juré de faire cesser tout ce désordre...

En entendant cette conversation, Toto perdit tout à fait la tête ; il crut déjà être entre deux gendarmes, les mains attachées comme un malfaiteur.

Mille folles idées lui traversèrent en un instant le cerveau, et sans trop savoir ce qu'il faisait, il se glissa dans le jardin, escalada le mur et se mit à fuir à travers la campagne.

La nuit était venue, l'orage, qui se préparait depuis huit heures du soir, commençait à éclater, et l'on entendait le gémissement aigu du vent dans le feuillage des arbres.

Toto courut pendant plus d'une heure sans oser ralentir son allure ; mais il finit par tomber sur le sol épuisé de fatigue.

Quand le calme fut un peu rentré dans son esprit, il regarda autour de lui pour savoir en quel lieu il se trouvait.

Il reconnut alors qu'il était au milieu d'une sombre forêt, dans laquelle régnait une affreuse obscurité.

Les branches des arbres, courbées par le vent, s'abaissaient jusque sur son visage, et semblaient, à la lueur des éclairs, de grands fantômes qui ouvraient leurs immenses bras pour le saisir.

Le petit garçon n'était naturellement pas poltron ; cependant il trembla de tous ses membres et ses dents se mirent à claquer.

Sa frayeur fut bientôt si grande qu'il se releva tout à coup et courut au hasard dans la forêt, en se heurtant contre les arbres et en se déchirant le visage et les mains au contact des buissons.

Au moment où il désespérait de sortir de ce noir labyrinthe, il distingua une lumière à peu de distance.

Jamais Toto n'avait encore ressenti une sensation de plaisir aussi vive que celle qu'il éprouva à la vue de cette bienheureuse lumière.

Il s'arrêta une minute pour se reposer, puis il ne tarda pas à reprendre sa course.

Bientôt il arriva devant une grande maison qui paraissait être seule au milieu des bois.

Il n'osa pas frapper à la porte, car de nouvelles craintes surgirent tout à coup dans son cœur.

— Si cette habitation servait de retraite à des brigands, se dit-il, je serais à leur merci...

Déjà il songeait tristement à regagner la forêt, lorsqu'il découvrit une maisonnette de bois servant de demeure au chien du logis.

Le malheureux petit garçon était épuisé de fatigue, et le froid le faisait grelotter.

— Si je pouvais me cacher là-dedans, pensa-t-il, je m'y reposerais mieux que sur l'herbe mouillée...

Il hésita longtemps avant de prendre une détermination, la crainte de rencontrer un chien au fond de la loge le retenait.

Enfin, à bout de patience, il se mit à marcher à quatre pattes, et parvint à se fourrer dans la maisonnette sans avoir éveillé l'attention.

VI

LE PÈRE ARTIMON ET LE CHIEN BRISEFER

ıENTÔT la porte de la maison s’ouvrit.

— Pourquoi n’a-t-on pas rentré la loge de Brisefer ? dit une voix rude qui paraissait appartenir au maître de la maison ; allons, qu’on l’emporte de suite.

Aussitôt deux hommes s’avancèrent et enlevèrent la maisonnette.

— Elle est bien lourde aujourd’hui… murmura l’un d’eux.

— C’est vrai, on dirait qu’elle est pleine de pierres, répliqua l’autre.

Pendant ce temps, Toto n’osait faire un mouvement, mais il eût bien voulu être encore au milieu du bois.

Les deux hommes placèrent la loge dans un coin obscur de la cuisine, et le maître de la maison apostropha son chien.

— Allons, Brisefer, à cette niche ! lui dit-il d’un ton impérieux.

Mais le chien se mit à gronder sourdement en tournant autour de la maisonnette sans vouloir y entrer.

Toto, craignant d’être dévoré par le molosse, allait se décider à sortir et à implorer l’assistance des paysans, lorsque la porte s’ouvrit de nouveau.

Aussitôt les enfants s’écrièrent d’un ton joyeux :

— Tiens, c’est le père Artimon !

— Cric ! dit ce dernier avec force.

Mais le chien irrité de trouver un intrus dans son domicile le saisit
par son pantalon.

— Croc ! répliquèrent les jeunes gens de la ferme.

— Cuiller-à-pot !

— La barre à bâbord !

— Larguez tout, mille caronades !... Salut la compagnie...

— D'où venez-vous donc si tard, père Artimon ? demanda le fermier au nouveau venu.

— De la fête de Verbois, nom d'un anspect !

En entendant ces mots, Toto s'efforça de surmonter sa frayeur et jeta un regard timide sur l'homme qui venait d'entrer.

C'était un grand vieillard, manchot, coiffé d'un chapeau ciré de marin, et vêtu d'une vareuse noire.

— Vous avez bien fait de nous dire bonsoir, répliqua le fermier en avançant une chaise ; reposez-vous un instant...

— Non, merci ; il est temps de regagner le bord et de me fourrer dans mon hamac.

— Il n'y a rien de nouveau à Verbois ?

— Oh ! oh ! pas grand'chose ; à midi on a eu une petite bourrasque, voilà tout...

— Vraiment ?

— Oui ; c'est une espèce de moussaillon, un failli-Parisien, je crois, qui a mis tout le pays en désordre.

— Expliquez-vous...

— Il paraît que c'est un petit vaurien qui n'en est point à sa première bordée... On prétend qu'il a filé son câble, ou, pour parler comme vous, qu'il s'est sauvé afin de ne pas tomber entre les mains de Baudrier, le garde champêtre...

— Contez-nous donc ça, père Artimon, dirent tous les gens de la ferme en se rapprochant du vieux marin.

Depuis un instant, Brisefer rôdait autour de sa loge et grondait d'une façon menaçante.

Il se mit bientôt à aboyer avec fureur, et s'élança tout à coup dans la maisonnette.

Toto, terrifié par le récit du père Artimon, essaya de se blottir au fond de la niche.

Mais le chien, irrité de trouver un intrus dans son domicile, le saisit par son pantalon et s'efforça de le tirer dehors.

Le petit garçon perdit alors complétement la tête et se mit à pousser des cris effroyables !!!

Brisefer redoubla ses efforts et renversa la maisonnette au milieu de la cuisine.

Le pauvre Toto, couvert de paille, roula comme un paquet dans les jambes des habitants de la ferme...

Ces derniers furent stupéfaits à la vue de cette étrange apparition. Néanmoins, ils chassèrent le chien et relevèrent le petit garçon, qui tremblait comme une feuille.

— Que faisais-tu là-dedans? lui demanda sévèrement le fermier.

— Monsieur... c'est que... c'est que...

— Comment t'appelles-tu ?

— Je vais vous le dire... monsieur... je m'appelle...

— Je veux que la drisse du pavillon amiral me serve de cravate, si ce n'est pas là mon failli-Parisien ! s'écria le père Artimon en examinant Toto...

— Ah ! c'est le petit vaurien que Baudrier poursuit, dit le fermier ; eh bien ! sois tranquille, mon garçon, demain matin je te conduirai chez lui...

— Pardon, monsieur, je ne le ferai plus... jamais... jamais... répéta plusieurs fois Toto en joignant les mains.

— Silence, mauvais sujet ; je suis sûr que tu chantes cette gamme-là toutes les fois qu'on découvre tes fredaines ; mais il fera jour demain...

— Monsieur, je vous en supplie...

— Tais-toi, pleurnicheur, sinon je te corrigerai, répliqua le fermier d'un ton sévère.

Puis il ajouta, en s'adressant à une vieille femme d'une figure fort peu avenante :

— Mère Lalouette, conduisez ce jeune vagabond à la chambre des greniers, où vous l'enfermerez... S'il a faim ou soif, donnez-lui un morceau de pain et une potée d'eau... Allez.

Toto, plus mort que vif, se trouva bientôt au grenier, devant une grande boîte remplie de paille, dans laquelle la vieille lui ordonna de se coucher.

Lorsqu'il fut seul, le malheureux petit garçon versa des torrents de larmes ; mais ses pleurs ne changeaient point sa position...

La peur de tomber entre les mains redoutables de Baudrier ne tarda pas à devenir son idée fixe, et il ne songea bientôt plus qu'à s'évader.

En jetant les yeux vers l'étroite fenêtre du grenier, Toto ressentit un frisson de terreur...

Il lui sembla voir, à quelques pas de lui, un grand fantôme ayant une crinière hérissée comme celle d'un lion.

Le petit garçon tourna vivement la tête d'un autre côté; mais il ne tarda pas à avoir honte de sa poltronnerie, et après un moment d'hésitation il se leva et marcha droit au prétendu fantôme.

Qu'on juge de sa surprise en reconnaissant, dans ce qu'il croyait être la crinière d'un monstre, une quenouille chargée de chanvre peigné.

Sans la cruelle inquiétude qui le dévorait, il eût ri à gorge déployée de sa grotesque erreur.

Toto s'approcha alors résolûment de la lucarne. Elle donnait sur un long toit en pente douce qui lui sembla arriver presque jusqu'à terre.

Le petit garçon avait le caractère énergique, surtout lorsqu'il ne s'agissait pas de résister à ses mauvais penchants.

Il se haussa jusqu'à l'étroite fenêtre, l'ouvrit facilement, et au bout d'une minute il se trouva sur le toit.

Il se recueillit un instant, se laissa ensuite glisser, et comme le sol n'était pas loin de lui, il le toucha bientôt...

TOTO MYSTIFIE LE PAILLASSE DU SERPENT-ROUGE

NE fois libre, Toto s'éloigna rapidement de la ferme.

A vingt-cinq pas environ il rencontra la route. Il se mit à marcher sans savoir de quel côté il se dirigeait.

Après une assez longue course, il arriva auprès d'une grande voiture qui avançait lentement. Le petit garçon était occupé à l'examiner, lorsqu'il vit tout à coup quatre à cinq individus, vêtus d'une façon bizarre, qui l'entourèrent en lui adressant la parole dans une langue étrangère.

Toto voulut s'esquiver; mais un homme de haute taille l'arrêta par le bras.

— Où vas-tu à pareille heure, galopin? lui dit-il.

Le petit garçon, qui reconnut le Serpent-Rouge, balbutia une réponse insignifiante.

— Tu m'as l'air d'un jeune vagabond, reprit le saltimbanque; si tu veux être bien gentil, je t'emmènerai avec moi, et tu feras désormais partie de ma troupe?

— Moi? répliqua Toto effrayé.

— Oui; j'ai besoin d'un espiègle de ta trempe pour remplacer mon grand singe Cocambo, mort la semaine dernière d'une indigestion de noisettes...

Les aventures commençaient à familiariser l'esprit de Toto avec les situations

Toto traversait la ville escorté comme un malfaiteur.

Toto se retourne et lui lance une poignée de farine dans les yeux.

difficiles, et il comprit qu'il ne devait pas repousser absolument les propositions du Serpent-Rouge, à la merci duquel il se trouvait.

— Je voudrais pouvoir vous servir, lui répondit-il, mais je ne sais rien faire...

— Que cela ne te tourmente pas, j'ai ici un chat à neuf queues qui en a formé de plus rétifs que toi...

Le Serpent-Rouge exhiba en même temps un martinet, près duquel celui de Gertrude aurait ressemblé à un écheveau de fil emmanché à un porte-plume.

— Et où allez-vous maintenant? demanda le petit garçon.

— Nous nous rendons à Brévin; c'est demain jour de marché, j'espère que la recette sera meilleure qu'à Verbois... Ainsi, c'est convenu, tu es des nôtres?

En entendant parler de Brévin, Toto ressentit une vive joie, car il avait, dans cette ville, un oncle qu'il aimait beaucoup.

— J'irai le trouver, pensa-t-il, je lui avouerai mes fautes, et je le prierai d'intercéder auprès de mon papa pour moi.

— Tu ne réponds pas? reprit le Serpent-Rouge avec humeur.

— Allons toujours jusqu'à Brévin, une fois là nous verrons...

— Voyez-vous ça... monsieur fait des difficultés pour entrer dans une maison comme la mienne... Eh bien! de gré ou de force, à partir de cet instant, tu m'appartiens, jeune drôle...

— Monsieur... essaya de dire le petit garçon.

— Assez causé... et pour consacrer ton engagement, je t'appose mon cachet sur les reins, v'lan!...

En même temps, le Serpent-Rouge appliqua un vigoureux coup de martinet au pauvre Toto.

Celui-ci poussa un long cri de douleur!

— Ah! ah! ça te fait chanter, joli merle... très-bien! N'oublie pas surtout que tu t'appelles dorénavant Cocambo, comme le singe que tu remplaces, et en route...

Au petit jour, Toto arriva à Brévin, brisé de fatigue.

Le Serpent-Rouge le plaça sous la surveillance spéciale du paillasse Pistachon, et se mit aussitôt à monter sa baraque.

Jusqu'à ce moment le petit garçon n'avait employé son adresse et son intelligence qu'à faire des méchancetés; il résolut cette fois de s'en servir pour s'affranchir de l'abrutissant esclavage auquel le saltimbanque prétendait l'asservir.

Toto feignit donc de se résigner à son sort, et il exécuta avec un certain empressement les ordres du paillasse .

— Bravo ! lui dit ce dernier d'un air satisfait ; je vois, petit gueux, que tu mordras un jour aux tréteaux comme un enfant de la balle...

Et pour achever de témoigner son contentement à son élève, Pistachon lui lança, par habitude, un coup de pied amical dans les reins.

Comme tous les saltimbanques, le Serpent-Rouge possédait une immense voiture qui lui servait tout à la fois de véhicule et de maison.

Dans le compartiment tenant lieu de salle à manger, Toto remarqua une grande boîte pleine de farine dont il se promit de tirer bientôt parti pour faciliter son projet d'évasion .

Tout en vaquant à sa besogne, il enleva subtilement la clef de la portière de la voiture et la jeta sous un tas de chiffons.

La serrure étant à ressort, il était impossible de l'ouvrir de l'intérieur sans cette clef.

En ce moment, les saltimbanques venaient de se réunir pour déjeuner. Pistachon seul s'occupait au dehors à hisser un morceau de toile destiné à servir d'auvent à la baraque.

Toto s'arma de courage. Il prit rapidement une grosse poignée de farine dans la boîte et s'élança dehors, en refermant la portière de la voiture sur les saltimbanques.

Ceux-ci n'avaient point encore compris la pensée du petit garçon, néanmoins ils tentèrent de le poursuivre pour le châtier de son audace.

Mais ils étaient pris comme des rats dans une souricière.

Se voyant dans l'impossibilité de sortir, ils se mirent à pousser des cris furieux !

Pistachon, prévenu, sauta du haut de son échelle, et en dix emjambées il rejoignit le fugitif.

Au moment où il allait lui mettre la main sur le collet, Toto se retourna tout à coup et lui lança une poignée de farin e dans les yeux...

Le paillasse, un instant aveuglé, fut obligé d'interrompre sa poursuite ; mais tandis qu'il essayait de se débarbouiller, tout en proférant de violentes menaces, le petit garçon prit ses jambes à son cou et fut bientôt hors de ses atteintes.

Déjà il entrait dans la rue habitée par son oncle, lorsque deux gendarmes, qui sortaient de leur caserne, lui barrèrent le passage et l'arrêtèrent.

Toto devenu enseigne de vaisseau est décoré pour sa belle conduite dans un combat en Cochinchine.

Toto , terrifié de ce dénoûment imprévu, joignit les mains en fondant en larmes, et essaya d'expliquer sa position.

Malheureusement il était si ému qu'il ne put balbutier que quelques mots sans suite...

Pistachon jugea prudent de ne pas pousser plus loin l'aventure, et il retourna à sa baraque.

Au moment où le malheureux Toto traversait la ville, escorté comme un malfaiteur par les deux gendarmes qui le conduisaient à la mairie, un monsieur d'une tournure respectable s'avança vivement vers les agents de la force publique.

C'était précisément l'oncle du petit garçon.

Toto se jeta à ses genoux et lui fit le récit complet et sincère de tout ce qui s'était passé.

M. Carabi le releva avec bonté et dit quelques mots à voix basse aux gendarmes, qui s'empressèrent de laisser aller leur prisonnier.

Après avoir fait donner à ce dernier tous les soins que sa situation réclamait, l'oncle écrivit au père de Toto pour le prier de lui confier désormais le petit garçon.

M. Carabi se garda bien de refuser.

Alors Toto entra au collége de Brévin avec son cousin Léon, et il ne tarda pas à s'y distinguer.

Deux ans plus tard on lui décerna le prix d'honneur.

Comme il avait un caractère énergique, son papa lui permit de diriger ses études vers la carrière maritime.

Aujourd'hui, Toto, ou plutôt Victor Carabi, est enseigne de vaisseau, et il a été décoré dernièrement en récompense de sa belle conduite dans un combat que son navire a soutenu contre les pirates de la Cochinchine.

Quant au méchant Greluchet, il est détesté de tout le monde, et comme il a toujours refusé de s'instruire, à la mort de son père il a été obligé, pour gagner sa vie, de se mettre apprenti cantonnier.

PARIS. — IMP. SIMON RAÇON ET COMP., RUE D'ERFURTH, 1.